LES
OTTOMANES

PAR

M. E. GELLION - DANGLAR

AUX TURCS

PARIS

COMPTOIR DES IMPRIMEURS-UNIS
Veuve COMON, Libraire-Éditeur,
15, QUAI MALAQUAIS.

1854

LES

OTTOMANES

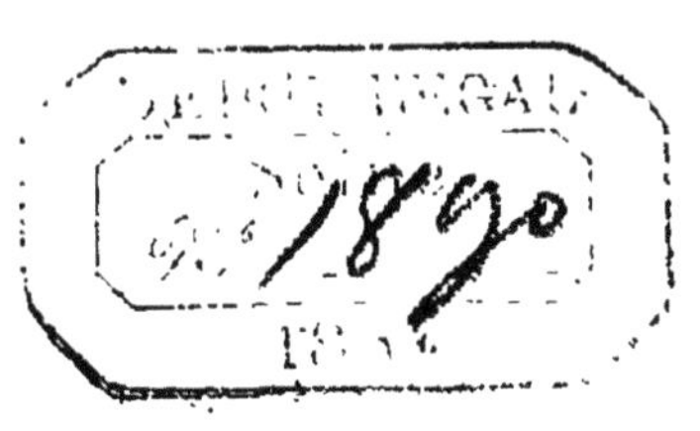

LES
OTTOMANES

PAR

M. E. GELLION-DANGLAR

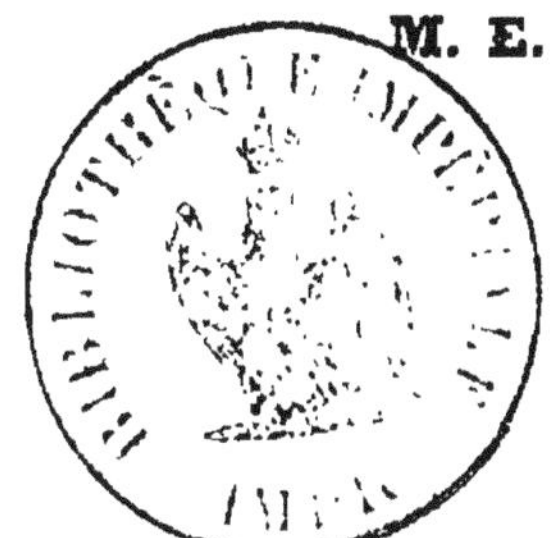

AUX TURCS

PARIS

COMPTOIR DES IMPRIMEURS-UNIS

Veuve COMON, Libraire-Éditeur,

15, QUAI MALAQUAIS.

1854

I.

GUERRE

—

Lorsqu'au milieu du sénat de Carthage,
Un Fabius dans son rude langage
Des sénateurs bravait la majesté,
Ramenant en sa main quelques plis de sa toge,
Tandis que son œil interroge
Farouche et menaçant leur œil épouvanté :
« Je porte ici, dit-il, ou la paix ou la guerre :
» Choisissez ! »—« Choisissez ! » répondent mille voix :
» Eh bien ! La guerre, alors ! » Et sa main meurtrière,

1.

Laissant tomber les plis que retenaient ses doigts.
Semble secouer sur Carthage
La terreur et le deuil, la flamme et le carnage. (1)

Nous avons vu de même un esclave du knout
Venir parler en maître aux enfants du Prophète,
Et, prodiguant partout
L'insolente hauteur de ses airs de conquête,
Dire aux Turcs : « Choisissez, de périr par nos mains
» Ou de vous immoler vous-même. »
Toutefois, dans nos temps d'abaissement extrême.
Le Fabius des vieux Romains
N'est plus qu'un Mentschikoff, au cœur bas, au ton haut,
Qui ne se drape point dans les plis d'une toge,
Mais qui loge
La guerre dans son paletot.

De la paix voici le rêve
Qui finit,
Et la guerre qui se lève
Et bondit
Comme un tigre plein de joie
Sur sa proie.

Ah ! Mais c'est que la proie est digne de ses dents :
C'est l'un et l'autre monde,

(1) 219 avant l'ère vulgaire.

Les continents et l'onde,
Dont elle va bientôt saper les fondements.

Eh bien ! tant mieux ! car, dès longtemps la scè
A nos yeux fatigués offre mêmes décors,
Mêmes peuples à grand'peine
Tournant dans les mêmes efforts ;
Il est temps d'ouvrir les trésors
Des révolutions (1), mer terrible et profonde
Dont le flux tour à tour brise et fait naître un monde.

C'est une loi : quand l'univers,
Soumis au joug de la conquête,
N'eut que Rome pour seule tête
De tous ses éléments divers,
Comme le voulait pour l'abattre
Ce saltimbanque impérial (2)
Qui savait au cirque se battre (3)

(1) C'est ainsi que les grands mouvements de peuples
qui eurent lieu sur la terre, il y a six ou sept mille ans
constituèrent le monde antique, et que, vers le commen-
cement du cinquième siècle de l'ère vulgaire, des migra-
tions semblables enfantèrent le monde moderne. La
direction générale de ces courants humains fut du nord
au sud, et de l'est à l'ouest.
(2) Caligula. Voy. Suétone, *Caligula*, XXX.
(3) Id., ibid., XXXII.

Et faisait consul son cheval,
Il vint des froides solitudes,
Où l'on croyait que les frimas
Des hommes ignoraient les pas,
D'inépuisables multitudes
Qui, semant par tout le chemin
Les ruines et le carnage,
Firent sortir de leur ravage
Vingt peuples, nouveau genre humain.
Craignez que sur nous ne se rue
La continuelle recrue
De peuples et de nations
Que les tristes septentrions
Dans leurs grandes steppes glacées
Des siècles tiennent ramassées,
Pour les précipiter soudain
Sur le monde ivre qui chancelle.
Telle, aux premiers feux du matin.
D'autours une troupe cruelle,
De sa proie épuisant le flanc,
Se repaît de chair et de sang.
Ce monde est vieux : s'il n'a la force
De lui-même se rajeunir,
Tôt ou tard il doit voir venir
Un peuple nouveau qui s'efforce
De fonder un monde nouveau,
Comme au temps de ce Hun farouche,

Que, frémissante, chaque bouche
De Dieu proclamait le fléau.

Quoi qu'il doive arriver, serrons nos rangs : la guerre
Ne peut nous effrayer, et nous savons la faire ;
    Et, quelque appétit dévorant
    Qu'ait Nicolas le tout-puissant ;
    Pour que sa soif soit étanchée.
Quelque fleuve de sang qui doive enfin couler,
    Il ne saurait avaler
    Le monde en une bouchée.

    Honte et malheur à lui !
    Si la guerre aujourd'hui
    Sur la terre tremblante
    Etend sa main sanglante ;
    Si chaque laboureur
    Pour un cruel vainqueur
    Craint de bêcher la terre
    Que lui légua son père ;
    Si, pour un fils chéri,
    Pour un frère, un mari,
    Epouses , sœurs et mères
    Versent larmes amères ;
    Si tout souffre aujourd'hui,
    Honte et malheur à lui !

Cette heure est solennelle :
a force au droit ose encore une fois
Faire une guerre criminelle ,
Et l'épée a brisé les lois,
Des nations sainte tutelle.

Gloire à vous, Ottomans ! Quand on vous croyait morts
Vous dormiez ; et le soin de votre indépendance ,
Digne matière à vos efforts ,
Vous a fait souvenir de l'antique vaillance
Qui mit tout l'Orient sous votre obéissance.

Ainsi puisse tout peuple insulté lâchement
Sentir l'affront, et se lever en masse
Pour repousser l'aggresseur frémissant ,
Et lui rejeter à la face
L'insulte avec le châtiment !

LE PRÊTRE MURÉ

II.

LE PRÊTRE MURÉ

—

LE CORYPHÉE.

Quand, sous les coups des enfants du Prophète,
Stamboul la grande, à la fin succombant,
Vit de ses tours crouler l'orgueilleux faîte
Et mettre aux fers son dernier habitant ;
    Sentant une terre asservie,
    Quand les chevaux de nos aïeux

Frappaient d'un pied fier et joyeux
Les dalles de Sainte-Sophie (1) :
Un vieux prêtre grec à l'autel
Murmurait sa dernière messe,
Et contre Mohammed et sa main vengeresse
Importunait en vain le ciel.

LE CHŒUR.

Allah ! vive l'Islam ! Allah ! gloire au Prophète !
Du Gange à l'Alhambra, de Memphis aux Sept-Tours,
On vit marcher de conquête en conquête
Le Croissant d'or des anciens jours.
Allah ! vive l'Islam ! Allah ! gloire au Prophète !
Pour notre liberté combats à notre tête !

LE CORYPHÉE.

Mais, au milieu de la foule en furie.
Calme, il poursuit sa profane oraison ;
Sans doute il croit que, grâce au Dieu qu'il prie.
Du fier Croissant la Croix aura raison.
    Tout à coup, tandis que présente
    De tous côtés il voit la mort,
    Impassible et muet, il sort,
    Frappant les âmes d'épouvante :
    Un mur s'entr'ouvre, il disparaît ;
    Sur lui se referme la pierre ;

1) En 1453.

Mais on entend toujours résonner la prière
Que sur l'autel il murmurait.

LE CHŒUR.

Allah ! vive l'Islam ! Allah ! gloire au Prophète !
Du Gange à l'Alhambra, de Memphis aux Sept-Tours,
On vit marcher de conquête en conquête
Le Croissant d'or des anciens jours.
Allah ! vive l'Islam ! Allah ! gloire au Prophète !
Pour notre liberté combats à notre tête !

LE CORYPHÉE.

Lorsque d'Othman doit s'écrouler l'empire,
Le prêtre grec, de sa froide prison
Sortant soudain, à l'autel viendra dire
Les derniers mots de sa triste oraison.
Déjà j'entends sa voix plus forte
Répondant aux hurrahs confus
Des Kosaks, effroyable flux
Que vers nous le fouet du Tsar porte.
Debout ! d'Allah braves enfants !
Défendez bien votre frontière ;
Et que le prêtre grec dans la fatale pierre
Reste muré pour cent mille ans !

LE CHŒUR.

Allah ! vive l'Islam ! Allah ! gloire au Prophète !
Du Gange à l'Alhambra, de Memphis aux Sept-Tours.

On vit marcher de conquête en conquête
Le Croissant d'or des anciens jours.
Allah! vive l'Islam! Allah! gloire au Prophète!
Pour notre liberté combats à notre tête!

LA FRANCE

2.

III.

LA FRANCE

—

Quand Washington, héros sublime,
Appelait à la liberté
Un peuple soudain enfanté,
Des vastes mers bravant l'abîme,
France, tes flottes s'avançaient
Pour donner au droit la puissance
Et soutenir l'indépendance
Des États-Unis qui naissaient (1).

(1) 1778-1783.

Quand la Grèce qu'on croyait morte,
De Marathon se souvenant,
Soulevait son plus humble enfant
Et redevenait noble et forte,
Au.Turc, en ce temps oppresseur,
La France déclarait la guerre,
Et faisait gronder son tonnerre
Contre le peuple envahisseur (1).

A son tour devenu victime,
Le peuple d'Othman aujourd'hui,
De la France implore l'appui
Contre le parjure et le crime :
Et la France, de l'opprimé
Protectrice toujours fidèle,
A l'une et l'autre Dardanelle
Montre son pavillon aimé.

C'est que l'Europe est comme une famille
Dont chaque membre est une nation ;
Quand il en est que l'on tue ou qu'on pille,
Toutes au cœur sentent l'aggression.

Unissez-vous, France, Angleterre ;
Amérique, rejoins tes sœurs.
Vous serez en tout temps, quoi que l'on puisse faire,

(1) 1821-1830.

L'épouvante des oppresseurs,
Et le sol où toujours, pour le reste du monde,
Se conserve la liberté,
Qui porte avec elle à la ronde
La gloire et la prospérité.

Le Français connaît bien le Russe :
Il en apprend la haine avec le lait qu'il suce.
Mais, s'il l'a vu par trahison
Dans Paris tenir garnison,
Il se souvient aussi que le froid et la flamme,
Du sol de la Russie ont pu seuls le chasser.
Et, si jamais le Tsar infâme
Contre nous osait s'avancer,
Il tremblerait comme une femme.
En voyant que, pour vaincre et punir ces brigands,
Les Français d'Austerlitz ont laissé des enfants.

Mais que le monde se rassure :
D'elle-même la France est sûre.
Et pour elle, au dehors, il n'est dans l'avenir
Plus rien à conquérir.
Comme le noir dragon, dont l'antique Écriture
A transmis la légende à notre souvenir,
Sous les pieds du céleste archange
Tombe et roule, précipité
Dans la mort et l'éternité :
Dégouttant de sang et de fange,

Ainsi le despotisme, affreux Léviathan,
Devant le glaive de la France,
Fer qui frappa plus d'un tyran,
Fuit, maudissant son impuissance,
Dans les abîmes du passé.
Cependant, quiconque en silence
Gémissait, sous son joug pressé,
Bénit le saint nom de la France,
Nom de salut et d'espérance.

L'ANGLETERRE

IV.

L'ANGLETERRE

—

Il t'appartient aussi, généreuse Angleterre,
Toi qui, ferme au milieu des États ébranlés,
  Tends une main hospitalière
A tous les fugitifs, à tous les exilés,
Qu'ils descendent d'un trône ou d'une barricade,
Il t'appartient aussi de lever ton drapeau
Pour les Turcs que vivants on veut mettre au tombeau,
Et de faire gronder mitraille et canonnade
  Contre les valets du bourreau.

Il t'appartient aussi de venger dans le monde
La sainte Liberté que de sa main immonde
          Le Tsar ne craint pas de souiller ;
Car, des siècles passés perçant la nuit profonde,
On vit d'abord chez toi sa lumière briller (1).

          Français, Anglais, vous êtes frères :
          Les temps anciens ont vu vos pères
        · Fouler le sol indépendant
          Des forêts de la Germanie ;
          Et, des côtes de Normandie
          Aux champs d'Albion, un bon vent
          Poussait plus tard le Conquérant.

          Pourquoi la France et l'Angleterre
          De siècle en siècle à leurs enfants
          Ont-elles, s'épuisant les flancs,
          Légué la haine héréditaire
Qui leur coûta le plus pur de leur sang ?
              Et pourquoi leur mitraille,
              Dans les champs de bataille
              Courant de rang en rang,
              Si longtemps frappa-t-elle
              D'intrépides soldats
          Dont une étreinte fraternelle
Contre un même ennemi devait unir les bras ?

(1) La *grande Charte*, signée en 1215 par Jean-Sans-
Terre, et confirmée, en 1264, par Henri III.

Les morts sont morts, et mortes sont leurs haines ;
Vers le passé ne tournons pas nos yeux.
Dans le présent, sous nos regards joyeux,
De l'amitié les nobles chaînes
Joignent deux peuples généreux.
La cause qui les arme est une juste cause ;
Puisque, de leurs drapeaux mêlant les plis amis,
Ils montrent aux hommes ravis
De leur fécond accord l'aspect si grandiose,
Où pourront-ils trouver des ennemis ?

LA RUSSIE

V.

LA RUSSIE

—

Hurrah ! Soyez vites,
Kalmouks et Kosaks,
Mongols, Permiaks,
Finnois, Moscovites.
Tatars et Lapons,
Kirghiz, Kamtchadales,
Guerre aux capitales !
Hurrah ! soyez prompts !

Stamboul , la première
Sur votre chemin ,
Du soir au matin
Doit tomber par terre.
Puis Vienne et Berlin
Dès le lendemain
Seront en poussière.
Et Paris enfin ,
Dans ce beau festin ,
Est la noble chère
Que pour la dernière
Garde votre faim.

Hurrah ! Soyez vites ,
Kalmouks et Kosaks ,
Mongols , Permiaks ,
Finnois , Moscovites.
Tatars et Lapons ,
Kirghiz , Kamtchadales ,
Guerre aux capitales !
Hurrah ! soyez prompts !

Qui vous a des bouts du monde
Rassemblés en un troupeau,
Foule sanguinaïre, immonde,
Où chacun a son drapeau ?
Quel est le chef, le bourreau
Que votre fureur seconde ,

Et qui , lambeau par lambeau,
À son gré hache le monde ?

La Russie est le nom de ce hideux chaos ,
Empire de ténèbres ;
Celui qui d'échos en échos
Sonna les glas funèbres
De tant de nations ,
A son sanglant emploi fidèle
De générations en générations,
C'est le Tsar qu'on l'appelle.

Ah ! c'est lui que l'on doit haïr,
Et non pas ces tristes machines
Que , méprisant les lois divines,
Il se fait gloire d'abrutir.
Ce despote craint la lumière :
Car il sait bien que, dès l'instant
Où quelque clarté, pénétrant
Dans son infâme sanctuaire ,
Dévoilerait à tous les yeux
Tant de mystères odieux ,
Tous ceux qu'abuse sa parole ,
Reprenant leur virilité ,
Feraient justice de l'idole
Qu'adorait leur crédulité.

Mais, après tout , tu n'es qu'un lâche,

Illustre empereur Nicolas,

Sachant la force de ton bras,

D'attaquer, glorieuse tâche !

Un peuple que tu croyais mort,

Mais qui de son bon droit est fort

Pourtant, la honte de l'outrage

Que tu fais à l'humanité,

Couvrant de rougeur ton visage.

Devrait bien t'avoir arrêté.

Mais non : l'ineffaçable trace

Du sang des tristes Polonais

Est, grâce à tes brillants hauts faits.

La seule rougeur que ta face

Nous puisse montrer désormais.

Rougir ! Lui ! N'est-il pas contre les infidèles

Le champion de Dieu, le soldat de la foi,

L'espoir des nations, la terreur des rebelles ?...

Monstre !... Ne nous fais pas maudire Dieu : tais-toi !

Tu fais le mal en grand ; c'est là toute ta gloire.

D'autres font le mouchoir : tu fais le peuple. En vain

Tu comptes chaque vol ainsi qu'une victoire :

Tu n'es, quoi que partout tu veuilles faire croire,

Qu'un empereur de grand chemin.

Debout, nations de l'Europe !

Ne permettez pas que le Tsar

Dans ses filets sanglants, vainqueur, vous enveloppe ;

Debout, nations de l'Europe !
Muselez bien le jaguar.

Et vous, paysans de France,
Si, quelque jour, sur vos champs
Il lâchait dans sa démence
Ses cohortes de brigands,
Laissez un instant l'ouvrage ;
Prenez fourches, épieux,
Et chassez avec outrage
Devant vous ces *partageux*.

Le Tsar a déjà vu ce que peuvent les âmes
Que l'amour du pays de ses divines flammes
Tout entières remplit ;
Il verra plus encor : rejeté dans son antre,
En un prudent repos, il faudra bien qu'il rentre,
De l'univers maudit.

OLTENIZA

VI.

OLTENIZA

—

Guerre! guerre!
C'en est fait :
La frontière.
O forfait!
Est franchie.
La Russie
A mis bas
Toute honte,
Et surmonte

Les frimas,
Sur sa proie
Se jetant
Avec joie.
Cependant,
Du Prophète
Chaque enfant
Marche ardent,
Et s'apprête,
Saint martyr,
Qu'on envie,
A mourir,
Pour servir
La patrie.
Habitants
De tous rangs,
De tout âge,
Font assaut
De courage,
Et bientôt
Fils et père,
Délaissant
Femme et mère,
Du Croissant
Que menace
L'Étranger,
Vont venger,
Noble race

Que Dieu suit,

L'or bénit.

Quel spectacle !

Et l'aïeul,

Au cénacle

Resté seul,

Prend la lame

Qui toujours

Des Giaours

Glaça l'âme,

Fer pesant

Qu'en tremblant

De sa rouille

Il dépouille ;

Et joyeux,

De son âge

Oublieux,

Il partage

Les périls

Où ses fils

Vont apprendre

A défendre ·

Le pays.

« Meurs ou vaincs ! » disait une mère
Au jeune fils qu'elle embrassait,
Tandis qu'ardent vers la frontière,
Hors de son toit il s'élançait.

Ainsi les mères laconniennes,
A leur fils, valeureux guerrier,
Disaient : « Il faut que tu reviennes
» Avec ou sur ton bouclier. »

Il est parti pour rejoindre ses frères;
Dans trois jours il sera près d'eux :
Gaîment il marche, et du chemin les pierres,
N'arrêtent point son pas joyeux.

Mais lorsque cependant la seconde journée
Lentement s'éteignait, vers la nuit inclinée,
A la fatigue enfin malgré lui succombant,
Sur le bord du chemin, le généreux enfant,
Par degrés à son poids la tête abandonnée,
S'assied, ferme les yeux et les rouvre un instant,
Puis s'endort tout à fait d'un sommeil bienfaisant.

Sa paupière à peine était close,
Qu'un songe éclatant, grandiose,
Vient présenter à ses esprits
Les voluptés du paradis.
Il voit les célestes milices,
De l'Islam illustres héros,
Nager radieux dans les flots
D'une vaste mer de délices;
Et, pour juste prix des exploits
Qui leur ont valu cette place,

Du monde pénétrer les lois
Et contempler Dieu face à face.

Il voit d'abord, de gloire étincelants,
Adam, Noé, Moïse,
L'antique Père des Croyants,
Jésus, parole sainte incarnée, et transmise
Par Dieu lui-même à ses ingrats enfants ;
Puis, au-dessus de tous levant sa noble tête,
Mohammed, le plus grand et le dernier prophète (1).

Mais tout à coup, devant ses yeux,
Se déroule
La foule
Des exploits saints et glorieux
Que le temps, qui trop prompt s'écoule,
Effaça des cœurs oublieux.

C'est Mohammed, guidant les Kharégites,
Qui tient en main l'épée et le Koran,
Et fait tomber sous le fer musulman
De mille dieux les idoles maudites (2).

Puis, c'est Khaled, qui sème en tous lieux la terreur,
Khaled que du Seigneur

(1) 570-632 de l'ère vulgaire.
(2) Les idoles de la Kaaba, à la Mecque, au nombre
de 360.

On appelle l'épée (1),
Et dont la main mille fois s'est trempée
Au sang du Grec blasphémateur.

Perse, Égypte, Syrie,
Et Cordoue, et Tunis, pleines d'un saint effroi,
Reconnaissent la foi
Qu'impose l'Arabie.

Arrêter le Croissant n'appartient qu'à la France :
Ce n'est qu'aux plaines de Poitiers (2)
Que Karl-Martel et ses guerriers
Au torrent vainqueur qui s'élance
Peuvent dire, en prenant leur épée à témoin :
« Tu n'iras pas plus loin ! »

Quels rayons de gloire immortelle
De ces héros illuminent le front ?
Que le monde cent fois change et se renouvelle,
Jamais leurs noms ne périront.

D'un empire nouveau, salut, illustre père,
Othman, que la victoire accompagne en tout lieu (3);
Et toi, fier Amurath, toi qui fus sur la terre

(1) Kaled, surnommé par Mohammed l'*Épée de Dieu*.
Ses exploits vont de 630 à 642.
(2) En 732.

L'intrépide ouvrier de Dieu (1) !
Salut, ô Bayezid ! Des champs de Cassovie
    Où ton père a laissé la vie,
Inextinguible *Éclair,* (2) tu voles, foudroyant
Les guerriers assemblés aux plaines de Hongrie (3);
Salut, ô de Stamboul glorieux conquérant (4) !
Voilà Sélim, tenant l'étendard du Prophète (5),
Et Soliman-le-Grand, qui fait courber la tête
Aux rois de l'Orient, aux rois de l'Occident (6).

    Soudain alors, la vision divine
        Disparaît.
Le jeune homme, éveillé, sur la plaine voisine
    Promène son regard distrait.
Puis il pense à l'honneur, à sa mère chérie,
Au Russe menaçant, au ciel, à la patrie,
Au devoir que Dieu même à tout homme imposa
    De donner pour elle sa vie ;
Et part..., pour revenir vainqueur d'Olteniza.

(3) Othman-le-Victorieux, 1299-1326.

(1) Amurath Ier, l'*Ouvrier de Dieu*, 1359-1389.

(2) *Bayezid-Ilderim* (Bajazet-l'Éclair) , successeur d'Amurath Ier.

(3) Bataille de Nicopolis, 1396.

(4) Mohammed II, 1451-1481.

(5) Il le conquit en 1517, sur les Mamelucks.

(6) Régna de 1520 à 1566.

D'autres exploits c'est le présage.
Avance, avance, Nicolas !
La défaite excite ta rage :
Avance encore, et tu verras
Qu'un Xerxès en tout temps trouve une Salamine,
Les peuples, des vengeurs ; les tyrans, leur ruine.

SINOPE

VII.

SINOPE

—

Quel est sur ce rivage
Ce sillon rouge et blanc?
Lamentable assemblage
D'os, de chair et de sang !
Pourquoi la vague amère,
Sous nos regards surpris,
Amène-t-elle à terre
Mille informes débris?
Des carènes fumantes
Surnagent dans le port ;
Les flammes ondoyantes
Partout portent la mort.
Quelles hordes sauvages
Ont pu se faire un jeu
De lancer sur ces plages
Et le fer et le feu ?

C'est qu'à son tour le Tsar triomphe, et qu'on peut suivre
Du chacal bien repu les vestiges affreux,
Quand, rejoignant enfin son antre ténébreux,
    Il va cuver le sang dont il est ivre

Mais tremble : ta victoire aux plages de Sinope,
Exploit d'un assassin et non pas d'un soldat,
    A réveillé les échos de l'Europe
        Qui va punir ton attentat.

Vaisseaux libérateurs, puissent vos blanches voiles
    S'enfler au souffle heureux des vents !
Puissent l'astre des nuits et les pâles étoiles
    Briller pour vous de feux plus éclatants !
Et, si vous rencontrez la flotte des Barbares,
    Ils verront bien que, devant l'ennemi,
Les Français de leur sang ne sont jamais avares,
Et ne punissent point les crimes à demi.

    Dormez en paix, martyrs de la patrie ;
    Vous êtes morts, mais vous serez vengés !
    De vos vainqueurs la victoire est flétrie ;
Et, pareils aux Trois-Cents que l'histoire attendrie,
        Parmi les héros a rangés,
            Tout vaincus que vous êtes,
            On verra sur vos têtes
            Se placer les lauriers
Réservés pour le front des plus vaillants guerriers.

REDIVIVA

VIII.

REDIVIVA

BALLADE.

A LA POLOGNE.

Tournez, mes fuseaux,
Sous mes doigts rapides :
Trompez des corbeaux
Les serres avides.

5.

Filons un linceul,
Pour l'assassinée
Qui hors du cercueil,
Gît abandonnée.

Ainsi chantait en filant,
Durant la triste veillée.
D'un ton lugubre et glaçant.
Une vieille au chef branlant.
Gars à la mine éveillée,
Gais, insouciants, jouaient,
Pendant que du refrain sombre
Les mots, chant digne d'une ombre,
En cadence retombaient.

Tournez mes fuseaux,
Sous mes doigts rapides ;
Trompez des corbeaux
Les serres avides.
Filons un linceul,
Pour l'assassinée
Qui hors du cercueil,
Gît abandonnée.

Cependant un fils plus grand
A la chanson de l'aïeule,
Qui veille toujours filant,
Prête l'oreille en rêvant.

Enfin, il lui dit : « Vous seule

« Répétez ce noir refrain :

« Qui pleurez-vous, bonne mère ? »

— « Tu veux savoir le mystère ?

Enfants, au bruit mettez fin ! »

> Tournez, mes fuseaux,
>
> Sous mes doigts rapides :
>
> Trompez des corbeaux
>
> Les serres avides.
>
> Filons un linceul,
>
> Pour l'assassinée
>
> Qui hors du cercueil,
>
> Gît abandonnée.

Une nuit dans la forêt,

Rediviva, belle fille,

Seule et joyeuse passait

Et point à mal ne pensait,

Soudain, dans l'ombre un fer brille ;

Elle meurt..... ses assassins,

Fouillant ses chairs palpitantes,

De ses dépouilles sanglantes

Chargent à l'envi leurs mains.

> Tournez, mes fuseaux,
>
> Sous mes doigts rapides ;
>
> Trompez des corbeaux
>
> Les serres avides.

Filons un linceul
Pour l'assassinée,
Qui hors du cercueil
Gît abandonnée.

Mais une heure sonnera
A l'horloge séculaire,
Où la morte revivra
Et le soleil reverra.
Fils avant que nos yeux... — Mère,
Dit le jeune homme, voyez
Cette ombre blanche qui passe,
Et lente franchit l'espace
Près de ces grands peupliers.

Tournez, mes fuseaux,
Sous mes doigts rapides ;
Les serres avides.
Trompez des corbeaux
Filons un linceul
Pour l'assassinée,
Qui hors du cercueil
Gît abandonnée.

C'est Rediviva, mes fils,
Dit la vieille tout en joie.
Mais entendez-vous ces cris
Qu'apporte l'écho surpris ?
Grand Dieu ! C'est une autre proie,

Prise au détour du chemin.
Mais Redeviva se dresse,
Vers sa sœur court et s'empresse;
Leurs bras font fuir l'assassin.

Chantez, jouvenceaux,
De vos voix limpides.
Filent mes fuseaux,
Sous mes doigts rapides,
Blanc tissu qui va,
Belle fiancée,
O Rediviva,
Te tenir pressée.

SHAMYL

IX

SHAMYL

—

Sommets audacieux qui défiez le ciel ,
     Vous que des neiges séculaires,
De vos flancs escarpés vêtement éternel,
Interdisent aux pas des mortels téméraires ;
    Gouffres sans fond, ténébreux défilés
      Qui dans vos détours recélez
      Et la terreur et le mystère ;
Caucase , où l'œil humain put des cieux étoilés
Pour la première fois contempler la lumière ;

D'êtres indépendants majestueux berceau,
Pourquoi ne voit-on, pas, pour célébrer ta gloire,
Poétique mélange et de fable et d'histoire.
Eschyle, antique chantre en ce siècle nouveau,
      Sortir de la nuit du tombeau ?

C'est à toi, des géants gigantesque poëte,
Qu'il siérait d'entonner des chants de liberté,
Et, du droit éternel infaillible interprète,
D'imprimer sur le front du Tsar épouvanté
De ta strophe de feu l'inexorable trace,
Fer rouge dont jamais la marque ne s'efface.

Courage, fiers Titans que la terre a nourris !
      Que du ciel la voûte splendide
      S'ébranle à vos terribles cris !
      D'un tyran cruel et perfide
Que le trône abattu croule en mille débris !

      Mais il s'arme de son tonnerre,
      Et, vaincus, les fils de la terre,
      Sous les monts qu'ils ont entassés,
      Gémissent pour longtemps pressés.
Inutile victoire, interminable guerre !
Cédant aux traits brûlants que ton bras a lancés,
O Jupiter, en vain de l'effrayant Typhée
Sous le bouillant Etna gît de la masse étouffée ;
En vain Atlas, contraint de soutenir le ciel,

Sent sa tête plier sous ce faix éternel :
Tu retrouves debout contre ta tyrannie
     L'immortel ravisseur du feu,
Qui, de l'homme éclairant l'intrépide génie,
     Veut qu'il soit le miroir de Dieu.

Hardis navigateurs qui cherchiez la Colchide,
     De votre rapide vaisseau
     Vous avez vu la voile humide
Trembler au vol fougueux de l'homicide oiseau,
De Jupiter vainqueur implacable bourreau.
Vous avez entendu les cris de Prométhée,
A son convive affreux chaque jour fournissant
     De son inépuisable sang
     Et de sa chair déchiquetée
     Le festin toujours renaissant.

     Que les vaisseaux de France et d'Angleterre,
Sillonnent aujourd'hui les flots du Pont-Euxin :
De l'aigle moscovite à la terrible serre
Ils verront le sang noir des eaux rougir le sein,
Et, frappé dans le flanc d'une large blessure,
Par le bruit de sa chute effrayer la nature :
     Tandis que du milieu des monts
     S'élèvent des cris de victoire :
     Que les lauriers couronnent mille fronts,
     Et que tout célèbre la gloire
Du Prométhée hardi qui de la liberté
Garde le saint flambeau par son glaive abrité.

Honneur à toi, Shamyl, ô belliqueux muride, (1)
Toi qu'on voit à la fois prêtre et soldat d'Allah !
     Honneur à toi, successeur intrépide
     De Scheik-Mansour (2) et de Khasi-Mollah ! (3)
L'éclair est dans ton œil, les fleurs sont sur ta lèvre ; (4)
Et ton cœur est rempli de la divine fièvre
     Qui contre les vils oppresseurs
Pousse des nations les grands libérateurs.

Qui pourrait refuser son hommage à ta gloire,
Soit que, trois fois blessé, gisant parmi les morts,
Des Russes, dans Himry, (5) tu trompes la victoire ;
Soit que, dans Akulcho, par tes nobles efforts
Tu remportes enfin l'héroïque défaite
     Qui sur les esprits subjugués
A ton autorité fit atteindre le faîte ; (6)
Soit que des Musulmans, contre eux-mêmes ligués,
Ta voix fasse cesser les discordes maudites
     Et sous les mêmes étandards
     Fasse marcher Schiites et Sunnites ;
Ou qu'encor de la lutte affrontant les hasards,

(1) *Muride*, sorte de prêtre-guerrier dans le Daghestan.
(2) Scheick-Mansour apparut vers 1789.
(3) Mort à Himry, en 1832.
(4) C'est ce que dit de Shamyl un poëte du Daghestan.
(5) Shamyl est né dans ce village, en 1797.
(6) Le 22 août 1839.

Tu forces la Russie, inquiète, étonnée,
A pleurer de Dargo la fatale journée ? (1)

Unissez-vous, unissez-vous,
De la Tchétchénia tribus infatigables !
Tcherkesses, le repos est doux :
Ne trouvez-vous pas préférables
Les travaux de la liberté ? (2)
Aux armes ! Que de tout côté
La noble race du Caucase,
Contre son ennemi, terrible, se levant,
L'écrase,
Et des portes de Dieu (3) le chasse frémissant !

Que l'Ottoman avec elle s'unisse !
Vous avez même Dieu, mêmes ennemis ; tous,
Vous défendez le droit et la justice :
Marchez, enfants d'Allah ; la victoire est à vous !

Et toi, Shamyl, reste toujours le même.
Ce que le dévoûment, l'abnégation sème,
La gloire le recueille ; et la postérité

(1) Mai 1842.

(2) Depuis longtemps les Tcherkesses ont cessé de lutter contre la Russie ; les Thétchens seuls demeurent en armes.

(3) *Der-i-Allah*, la porte de Dieu, (le défilé de Dariel).

Frappe de son juste anathème
Les traîtres à la liberté.
Poursuis ton but : défends le sol qui t'a vu naître ;
Epargne à ceux qui croient en toi
La honte de subir un étranger pour maître.
Ton grand cœur ne saurait concevoir nul effroi :
Et les monts du Caucase,
S'affaissant sur leur base,
Dussent-ils pour jamais
Rejeter au loin dans la plaine
Leur chevelure de forêts ;
Le monde entier, troublé, secouant toute chaîne,
Dans sa chute soudaine
Entraînât-il le genre humain surpris,
Tu demeurerais ferme au milieu des débris

LA PAIX

X.

LA PAIX

—

Après que l'Océan, soulevant jusqu'aux cieux
De ses flots écumants les montagnes humides,
A dans ses profondeurs ravi les malheureux
Qu'avaient séduits son calme et ses abords perfides ;

Après que, répondant aux sifflements des vents.
Le tonnerre en grondant a déchiré la nue,
Et que, des cieux ouverts, de rapides torrents
Sont venus inonder la terre aride et nue ;

Après que le Vésuve a sur les champs voisins
Fait couler les ruisseaux de sa lave embrasée,
Et, ministre trop prompt de rigoureux destins ,
Englouti la cité sous la cendre écrasée ;

Partout renaît le calme : aux vents impétueux
Un frais zéphyr succède, et sur la mer profonde,
Avides trafiquants, voyageurs curieux,
S'osent commettre encore au caprice de l'onde ;

Le soleil reparaît, et, sous ses premiers feux,
L'herbe fraîche des champs qui cédait à l'orage
Se relève ; et, dressant ses bras victorieux,
Le chêne au voyageur prête encor son ombrage ;

Quand la gueule du monstre est chaude encor, on voit,
Des pieds audacieux fouler le noir cratère ;
Et le Napolitain dort, mange, rit, et boit
Le lacryma-Christi qui brille dans son verre.

Ainsi le genre humain, contre lui-même armé,
De débris et de sang remplit toute la terre ;
Puis, au juste, à l'utile, au vrai longtemps fermé,
Son esprit s'ouvre enfin et déteste la guerre.

Le monde rajeuni prend un nouvel essor ;
Et le génie humain arrache à la nature

Quelqu'un de ces secrets dont l'éternel trésor
De jour en jour vers Dieu hausse la créature.

Monde, encor cette guerre : à toi comme aux enfants
La dure maladie apporte la croissance ;
Tu ne comptes encor que six ou sept mille ans,
Goutte d'eau dans le temps, cet océan immense.

Mais lorsque, grandissant de péril en péril,
De malheur en malheur et de guerres en guerres,
De ce bouillant creuset tu sortiras viril,
Tes siècles coulerout paisibles et prospères.

Ce moment n'est pas loin, peut-être ; et nos enfants
Jouiront du bonheur que pour eux le temps garde.
Poètes, artisans, industriels, savants,
La main à l'œuvre, tous !... L'Avenir vous regarde !

FIN.

TABLE

I. La Guerre 5

II. Le Prêtre muré 11

III. La France 17

IV. L'Angleterre 23

V. La Russie 29

VI. Olteniza 37

VII. Sinope 47

VIII. Rediviva 54

IX. Shamyl 59

X. La Paix 67